Dieses Buch gehört:

BÜCHERBÄR

Liebe Eltern,

alle Kinder lernen lesen. Die einen schneller, die anderen etwas langsamer. Für das spätere Leseverhalten ist das jedoch völlig unerheblich. Wichtig ist die Freude am Lesen – von Anfang an.
Die Bücherbär-Reihe **Lesen lernen mit Silben** bereitet Ihrem Kind Lesespaß ab der ersten Klasse. Lebendige Geschichten und spannende Sachthemen wecken das Interesse am Lesen. Übersichtliche Leseeinheiten, farbige Sprechsilben sowie kurze Zeilen ermöglichen schnelle Lese-Erfolge und motivieren zum Weiterlesen. Die vielen Illustrationen bieten Lesepausen und unterstützen gleichzeitig das Textverständnis. Rätsel im Buch regen Gespräche über das Gelesene an.
So taucht Ihr Kind ein in spannende, witzige und mitreißende Geschichten und erobert sich Stück für Stück die Welt des Lesens, um auch im Leben immer selbstständiger bestehen zu können.

Ihr Bücherbär

Lesen lernen mit Silben

Dirk Reinhardt

Gefahr in der Gepardenschlucht

Mit Silbentrennung, Bilder- und Leserätseln

Bilder von Dirk Hennig

Dirk Reinhardt,
1963 in Bergneustadt geboren, begeisterte sich schon als Junge für die Bücher von Mark Twain, Charles Dickens und vielen anderen und begann, selbst zu schreiben. In Münster studierte er erst Germanistik und wechselte dann zur Geschichte. Heute begeistert er mit seinen Büchern Kinder und Jugendliche für das Lesen.

Dirk Hennig,
1972 in Münster geboren, studierte an der Fachhochschule in Münster Grafik-Design mit dem Schwerpunkt Illustration. Nachdem er einige Zeit als Grafik- und Webdesigner tätig war, kehrte er an den Zeichentisch zurück und widmet sich seither ganz der Illustration von Kinder- und Jugendbüchern.

Arena

Ein Verlag in der Westermann Gruppe

RECYCLED
Papier aus Recyclingmaterial
FSC® C110508
FSC www.fsc.org

www.blauer-engel.de/uz195
- ressourcenschonend und umweltfreundlich hergestellt
- emissionsarm gedruckt
- hauptsächlich aus Altpapier

MI6

Dieses Druckerzeugnis wurde mit dem Blauen Engel ausgezeichnet.

Der Bücherbär
1. Auflage 2025

Text: Dirk Reinhardt
Cover- und Innenilustrationen: Dirk Hennig
Gesamtherstellung: Westermann Druck Zwickau GmbH
Gedruckt in Deutschland
ISBN 978-3-401-72211-5

Besuche den Arena-Verlag im Netz:
www.arena-verlag.de

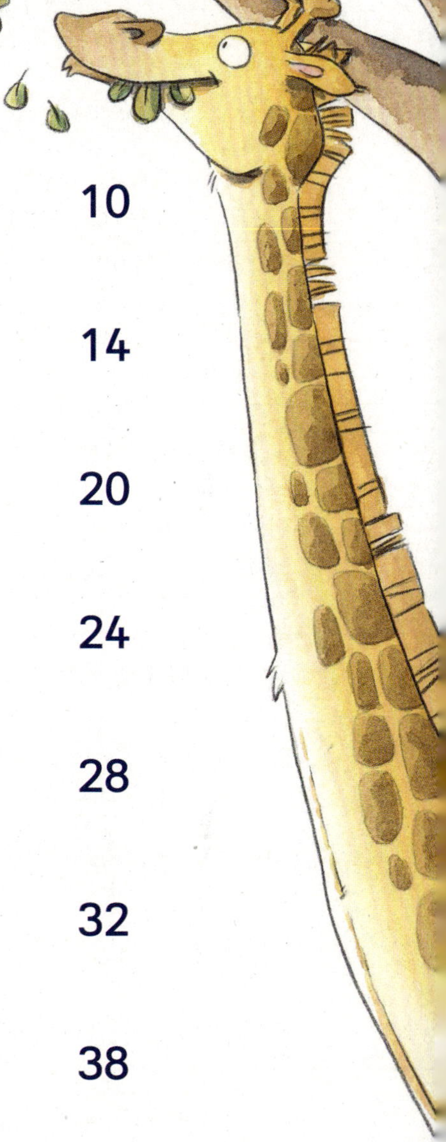

Inhalt

In dieser Geschichte spielen mit:

Jule und **Ben**
übernehmen Aufträge
von Kindern aus fernen
Ländern.

Max
ist Jules und Bens Schimpanse.
Er versteht die Sprachen
aller Tiere auf der Welt.

Onkel Hugo
ist Naturforscher.
Er hilft Jule und Ben,
wann immer er kann.

Nyami und **Kobe**
leben in dem Dorf Katumbo,
das liegt im Land Tansania.

Schwierige Wörter im Text:

Giraffe

Gepard

Flamingos

Savanne

Vulkan

Abenteuer

Wilderer

Wildhüter

Auf nach Afrika!

Jule und Ben spielen Schach,
als Max ins Zimmer hüpft.
Max hält einen Brief in der Hand
und wedelt damit in der Luft.
Jule und Ben springen auf.
Gespannt lesen sie den Brief.

Liebe Jule, lieber Ben!
Wir heißen Nyami und Kobe und leben in Tansania, in dem kleinen Dorf Katumbo. Alle Tiere aus unserer Gegend sind spurlos verschwunden. Wir machen uns große Sorgen. Bitte kommt und helft uns!
Nyami
Kobe

„Ein Ausflug nach Afrika,
das klingt spannend“, sagt Ben.
„Ist Onkel Hugo nicht auch
gerade in Tansania?“, fragt Jule.
„Aber er ist ein ganzes Stück
von Katumbo weg“, antwortet Ben.
„Macht nichts!“, ruft Jule.
„Lasst uns das Rätsel lösen!“

Sie ziehen passende Kleidung an.
Max holt die magische Muschel,
die sie von Onkel Hugo haben.
Mit lauter Stimme ruft er etwas
in der Elefantensprache hinein.
„Nach Katumbo!“, soll das heißen.
Ein Blitz kommt aus der Muschel.
Ihr Abenteuer kann beginnen!

In der Savanne

„Puh, ist das heiß!“, stöhnt Ben,
als sie die Augen wieder öffnen.
Zwei Kinder laufen herbei.
„Toll, dass ihr gekommen seid!“,
ruft der Junge. „Ich bin Kobe.“
Das Mädchen lächelt sie an.
„Und ich bin Nyami“, ergänzt es.

„Seht euch um!“, sagt Kobe.
„Alle Tiere sind einfach weg.“
„Vielleicht sind sie geflohen“,
sagt Ben. „Vor dem Vulkan dort.“
„Ach, der qualmt immer so“,
erklärt Nyami und winkt ab.
„Keine Sorge“, sagt Jule.
„Wir finden die Tiere schon.“

Kobe und Nyami holen Vorräte,
dann geht es in die Savanne.
Wunderschön ist das Grasland,
aber auch einsam ohne die Tiere!
Die Kinder erreichen einen See
und trauen ihren Augen kaum:
Da stehen Flamingos im Wasser!
Wo kommen denn die bloß her?

„Was tut ihr hier?“, fragt Max.
„Wir sind auf der Durchreise“,
antwortet einer der Flamingos.
„Wo sind die anderen Tiere?“,
fragt Max. „Habt ihr sie gesehen?“
„O ja!“, sagen die Flamingos.
„Sie standen in einer Schlucht.“
Sie beschreiben Max den Weg.

Max läuft zu den Kindern zurück.
Aufgeregt hüpft er auf und ab,
dann rast er wie der Blitz los.
„Max hat etwas herausgefunden“,
sagt Jule. „Alle ihm nach!“
Sie laufen einen Fluss entlang.
Plötzlich entdecken sie Männer
am Ufer des Flusses.

Die Kinder schleichen sich an
und verstecken sich im Gebüsch.
Nyami und Kobe werden blass.
„Wilderer!“, flüstert Kobe.
„Sie jagen wilde Tiere,
obwohl das streng verboten ist.
Sie dürfen uns nicht entdecken,
sonst nehmen sie uns gefangen.“

Durch den Wasserfall

Die Kinder schleichen davon
und erreichen einen Wasserfall.
Max winkt und zeigt darauf.
Jule ruft: „Er meint, die Tiere
sind auf der anderen Seite."
„Aber wir können nicht durch",
sagt Ben und kratzt sich am Kopf.

Da trauen sich Kobe und Nyami
und springen mit einem Satz
mitten durch den Wasserfall.
„Das schaffen wir auch“, sagt Jule
und zieht Ben und Max mit sich.
Das Wasser prasselt auf sie herab,
es raubt ihnen fast den Atem.
Dann sind sie hindurch.

Und wirklich, da stehen sie:
all die Tiere aus der Savanne.
Zuerst blicken sie ängstlich.
Aber als sie die Kinder sehen,
beruhigen sie sich schnell.
Max springt auf einen Stein.
„Warum versteckt ihr euch
in dieser Schlucht?“, fragt er.

„Die Wilderer!“, rufen alle.
„Sie wollen uns töten.“
„Das ist die Geparden-Schlucht“,
sagt ein Elefant und tritt vor.
„Die Geparden haben sie entdeckt.
Kein Mensch kennt sie.
Wir sind hier sicher, aber jetzt
wagen wir uns nicht mehr hinaus.“

Ein schlauer Plan

Max zeigt durch den Wasserfall
in Richtung der Wilderer.
Dann tut er so, als ziele er
mit einem Gewehr auf die Tiere.
„Ich weiß!“, ruft Jule.
„Die Tiere haben Angst davor,
dass die Wilderer sie töten.“

Die Kinder denken lange nach.
Schließlich hebt Ben die Hände.
„Max reitet auf einem Geparden
zu Onkel Hugo“, schlägt er vor.
„Der ruft die Wildhüter,
um die Wilderer zu verhaften.
Jule und ich locken sie in die Falle.
Nyami und Kobe bleiben hier.“

Bens Plan gefällt den anderen.
„Der Berg dahinten“, sagt Nyami.
„An seiner Spitze ist eine Mulde,
ein guter Platz für eine Falle.“
Jule hockt sich sofort hin
und schreibt an Onkel Hugo.
Er soll sich mit den Wildhütern
auf dem Roten Berg verstecken.

Kobe geht zu den drei Geparden.
Oh, sie haben scharfe Zähne!
Dann wählt er einen von ihnen aus
und bindet ihm Jules Brief um.
Ben breitet eine große Karte aus
und beschreibt Max den Weg,
der zu Onkel Hugo führt.
Jetzt ist alles vorbereitet.

Auf dem Rücken des Geparden

Jule hebt Max hoch und setzt ihn
auf den Rücken des Geparden.
„Viel Glück!“, sagt sie.
„Wir sehen uns am Roten Berg.“
Die beiden durchqueren
den tosenden Wasserfall.
Dann jagt der Gepard los,
dass die Erde nur so aufspritzt.

Max krallt sich an ihm fest.
Es geht an den Wilderern vorbei.
Huh, das ist gefährlich!
Aber der Gepard ist so schnell,
dass die Jäger nicht einmal
ihre Waffen holen können.
Schon sind Max und er
in einer Staubwolke verschwunden.

Der Gepard läuft wie der Blitz,
es geht quer durch die Savanne.
Max wird fast ein bisschen übel.
Er schafft es gerade noch,
sich an den Weg zu erinnern,
den Ben ihm beschrieben hat.
Dann erreichen sie den Ort,
an dem Onkel Hugo sich aufhält.

Der ist gerade damit beschäftigt,
einen Schmetterling zu fangen.
Als er Max heranreiten sieht,
steht er mit offenem Mund da.
„Wo kommst du denn her?“,
murmelt er erstaunt.
Kaum hat er den Brief gelesen,
greift er nach seinem Funkgerät.

Begegnung mit den Wilderern

Auch Jule und Ben brechen auf
und schleichen zu den Wilderern.
Als diese die beiden sehen,
richten sie ihre Gewehre auf sie.
„Wer seid ihr?“, rufen sie.
„Wir – wir haben uns verlaufen“,
stottert Jule.

„Du lügst!“, brüllt der Anführer.
„Gut, ich gebe es zu“, sagt Jule.
„Wir suchen die Tiere.
Sie fliehen vor dem Vulkan.“
„Wohin?“, fragt der Anführer.
„Auf den Roten Berg“, sagt Ben.
„Ha!“, ruft der Anführer.
„Da sind sie also. Los, Männer!“

Die Wilderer packen Jule und Ben
und fesseln ihnen die Hände.
Dann springen sie in ihre Autos.
Es ist eine wüste Fahrt.
Die Wilderer brüllen laut
und schießen in die Luft.
Sie fahren zum Roten Berg,
der in der Ferne zu sehen ist.

Jule und Ben hocken eingeklemmt auf der Bank hinter dem Anführer. Sie sehen sich ängstlich an.
„Ob Max und der Gepard es geschafft haben?“, flüstert Jule.
„Hoffentlich“, antwortet Ben.
„Was soll bloß aus uns werden, wenn die Wildhüter nicht da sind?“

Ein enger Pfad mit vielen Kurven
führt auf den Roten Berg.
Da ist die Mulde auf der Spitze!
Keine Wildhüter sind zu sehen.
Die Autos der Wilderer stoppen,
der Anführer dreht sich um.
„Hier sind keine Tiere“,
sagt er wütend. „Na, wartet!“

Da wird es laut. Aus den Büschen springen die Wildhüter. „Ihr seid verhaftet!“, rufen sie und überrumpeln die Wilderer. Dann befreien sie Jule und Ben. Auch Onkel Hugo taucht auf, und da sind Max und der Gepard! Alle fallen sich in die Arme.

Die Befreiung der Tiere

Jule und Ben erzählen Onkel Hugo
in aller Eile ihr Abenteuer.
„Jetzt aber schnell zurück zur
Geparden-Schlucht“, sagt Jule.
„Die anderen wollen wissen,
was geschehen ist.“
Sie machen sich auf den Weg.

Hinter dem Wasserfall warten
Kobe, Nyami und die Tiere
schon ungeduldig auf sie.
Als Jule und Ben berichten,
was geschehen ist,
bricht großer Jubel aus.
„Ihr seid die Größten!“,
rufen Nyami und Kobe lachend.

Endlich können die Tiere
zurück in die Savanne.
Jule und Ben sitzen auf Giraffen
und haben den besten Blick.
Auch Max, Onkel Hugo,
Nyami und Kobe
haben gute Plätze gefunden.

Jule und Ben freuen sich
über ihren Erfolg.
„Die Geparden-Schlucht bleibt
aber unser Geheimnis“, sagt Jule.
„Falls die Tiere wieder einmal
ein Versteck brauchen.“

Was reimt sich?

„Ob ich das noch schaffe?“,

fragt der schlaue ______________ .

(Affe/Löwe)

„Darauf kannst du wetten!

Onkel Hugo wird uns ______________ .“

(retten/umarmen)

Worauf reitet Max zu Hugo?

Die Anfangsbuchstaben verraten es dir.

____ ____ ____ ____ ____ ____

Ordne die Silben, dann erkennst du die Wörter.

Mit wem spricht Max am See?

| MIN | GOS | FLA |

Welche Tiere haben den besten Überblick?

| FEN | RAF | GI |

Womit können die Wilderer schießen?

| WEH | GE | RE |

Was schützt die geheime Schlucht?

| FALL | SER | WAS |

Die Lösungen findest du auf der nächsten Seite.

So heißt es richtig:
„Ob ich das noch schaffe?“,
fragt der schlaue Affe.

„Darauf kannst du wetten!
Onkel Hugo wird uns retten.“

Max reitet auf einem Gepard zu Onkel Hugo.

Mit wem spricht Max am See? **Flamingos**
Welche Tiere haben den besten Überblick? **Giraffen**
Womit können die Wilderer schießen? **Gewehre**
Was schützt die geheime Schlucht? **Wasserfall**

Lesen lernen mit Silben

Lesespaß ab der 1. Klasse: Lesen lernen mit Silben

Kleines Einhorn Funkelstern
Magische Geschichten
978-3-401-72146-0

Das neugierigste Pony der Welt
978-3-401-72147-7

Sag laut nein,
und geh nicht mit!
978-3-401-72148-4

Wie leben die Igel?
978-3-401-72172-9

Jeder Band: Mit farbig markierten Sprechsilben • Durchgehend farbig illustriert • 48 Seiten • Gebunden • Format 17,5 x 24,6 cm

Lebendige Geschichten

Kleine Geschichten oder kurze Kapitel

Große Fibelschrift und kurze Zeilen

Spannendes Sachwissen

Ein Themenschwerpunkt pro Doppelseite

Innenseite aus *»Die kleine Eulenhexe. Lustige Abenteuergeschichten«*
978-3-401-72171-2

Innenseite aus *»Wie leben die Igel?«*
978-3-401-72172-9

Viele farbige Bilder

Zeilentrennung nach Sinneinheiten

Mit farbigen Sprechsilben

Empfohlen von Westermann